· LE MONDE DE ·
NARNIA

~ CHAPITRE 1 ~
LE LION, LA SORCIÈRE BLANCHE
ET L'ARMOIRE MAGIQUE

LES CRÉATURES DE NARNIA

ADAPTÉ PAR SCOUT DRIGGS

ILLUSTRATIONS DE JUSTIN SWEET

D'APRÈS LE SCÉNARIO D'ANN PEACOCK ET ANDREW ADAMSON
ET CHRISTOPHER MARKUS & STEPHEN MCFEELY

D'APRÈS LE LIVRE DE C. S. LEWIS

DIRIGÉ PAR ANDREW ADAMSON

GALLIMARD JEUNESSE

Traduit de l'anglais par Carine Perreur

Titre original : The Lion, the Witch and the Wardrobe: The Creatures of Narnia
Copyright © 2005 by C.S. Lewis Pte. Ltd.
© Gallimard Jeunesse, 2005, pour la traduction française
Published by Gallimard Jeunesse under licence from the C.S. Lewis Company Ltd
The Chronicles of Narnia®, Narnia® and all book titles, characters and locales original
to The Chronicles of Narnia, are trademarks of CS Lewis Pte Ltd. Use without permission is strictly prohibited.
Art/illustration © 2005 Disney Enterprises, Inc. and Walden Media, LLC.
Numéro d'édition : 137714 - Loi n°49-956 du 16 juillet 1949 sur les publications destinées à la jeunesse ;
Dépôt légal : novembre 2005 - imprimé en Italie
www.narnia.com

WALT DISNEY PICTURES et WALDEN MEDIA présentent LE MONDE DE NARNIA : CHAPITRE 1, LE LION, LA SORCIÈRE BLANCHE ET L'ARMOIRE MAGIQUE
"THE CHRONICLES OF NARNIA: THE LION, THE WITCH AND THE WARDROBE" d'après le livre de C.S. LEWIS une production MARK JOHNSON un film de ANDREW ADAMSON
MUSIQUE COMPOSÉE PAR HARRY GREGSON-WILLIAMS costumes ISIS MUSSENDEN montage SIM EVAN-JONES décors ROGER FORD directeur de la photographie DONALD M. McALPINE, ASC, ACS CO-PRODUCTEUR DOUGLAS GRESHAM
PRODUCTEURS EXÉCUTIFS PHILIP STEUER ANDREW ADAMSON PERRY MOORE scénario de ANN PEACOCK et ANDREW ADAMSON et CHRISTOPHER MARKUS & STEPHEN McFEELY
PRODUIT PAR MARK JOHNSON RÉALISÉ PAR ANDREW ADAMSON
WALDEN MEDIA
Walt Disney Pictures
LES CHRONIQUES DE NARNIA, NARNIA, et tous les titres du livre, personnages et lieux sont également la propriété de C.S. Lewis Pte Ltd, et sont utilisés avec leur permission. © Disney Enterprises, Inc. et Walden Media, LLC. Tous droits réservés. Distribué par BUENA VISTA INTERNATIONAL.

Un jour, quatre frères et sœurs, Peter, Susan, Edmund et Lucy Pevensie découvrirent un pays peuplé de créatures magiques. Une sorcière maléfique, la Sorcière Blanche, y régnait. Ce pays s'appelait Narnia. Les créatures étaient douées de parole, étranges et magnifiques à la fois. Certaines étaient bonnes, d'autres mauvaises. Entre à ton tour dans l'armoire magique pour faire leur connaissance !

Lucy rencontra M. Tumnus lors de son premier voyage à Narnia. M. Tumnus était un faune.
Il avait un torse d'homme, les jambes d'une chèvre, des sabots à la place des pieds et deux petites
cornes sur la tête.

Lucy n'avait jamais vu de faune auparavant. Mais elle était très heureuse d'avoir rencontré M. Tumnus. Il l'invita à prendre le thé et ils s'entendirent si bien qu'ils devinrent très vite de bons amis.

   Lorsque Lucy parla de M. Tumnus à son frère Edmund, celui-ci refusa
de la croire. Il pensait que les créatures magiques n'existaient pas. Quelle ne fut
donc pas sa surprise lorsqu'il se retrouva nez à nez avec Ginarrbrik, un nain
à l'air mauvais!

   Ginarrbrik était très petit, à peine plus grand que toi. Il avait une longue barbe
et portait un chapeau pointu. Certains nains sont gentils, mais pas Ginarrbrik.
C'est lui qui conduisait le traîneau de la Sorcière Blanche.

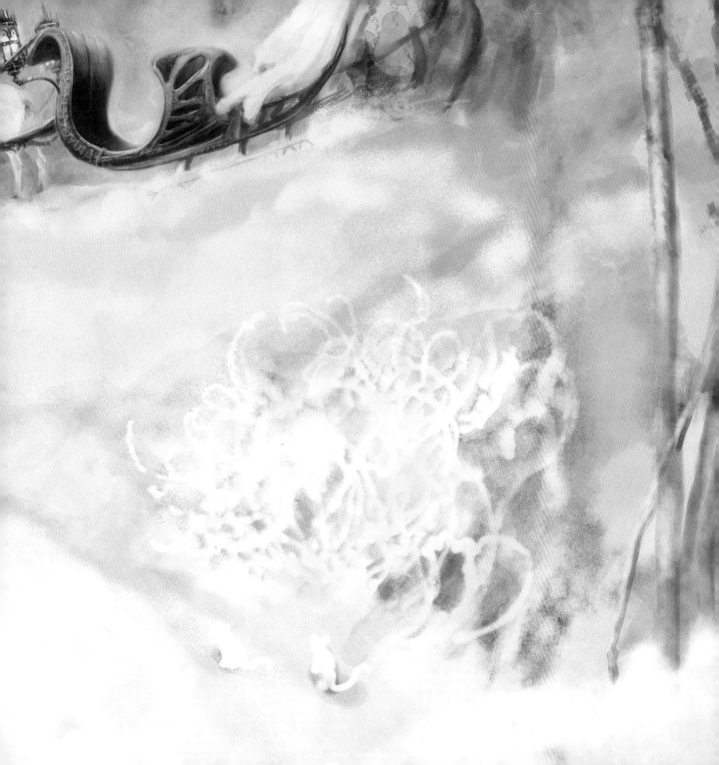

Edmund ne s'en rendit tout d'abord pas compte mais, même si la Sorcière Blanche avait l'air d'une grande dame, avec son beau visage et ses magnifiques robes doublées de fourrure, ce n'était pas une dame du tout. C'était une enchanteresse qui régnait sur Narnia grâce à la magie noire.

Plus de cent ans auparavant, elle avait lancé un sort pour que l'hiver, à Narnia, dure toute l'année. Pis encore, d'un simple coup de sa baguette, elle transformait d'innocentes créatures en pierre.

Tous les habitants de la forêt n'avaient pourtant pas peur de la Sorcière Blanche.
En fait, M. Castor et bien d'autres nobles créatures projetaient secrètement
de libérer le pays de sa terrible malédiction.

Lorsque Peter, Susan, Edmund et Lucy rencontrèrent M. Castor dans la forêt,
il les conduisit à travers les arbres touffus jusqu'à son barrage. Mme Castor prépara
un délicieux repas et M. Castor leur raconta des histoires sur Narnia.

Alors que M. Castor commençait à parler de la Sorcière Blanche et de ses terribles comparses, Edmund s'échappa sans se faire remarquer. Il aurait mieux fait de l'écouter : au château de la Sorcière, il rencontra Maugrim, un loup maléfique qui travaillait comme capitaine de la Police secrète de la Sorcière.

Grâce à son odorat, Maugrim suivait
les ennemis de la Sorcière Blanche à travers
les forêts et au-delà des montagnes. Il
commandait une petite armée de loups qui se battaient
pour la Sorcière. Les loups étaient très durs à vaincre, mais,
parfois, on pouvait être plus malin qu'eux.

M. Renard était l'un des animaux les plus intelligents de la forêt.
Il n'était pas bien grand, mais se rattrapait par sa vivacité d'esprit.

Lorsque Maugrim et ses loups poursuivirent Peter, Susan, Lucy et la famille
Castor, M. Renard sut exactement quoi faire. Pendant que les enfants se cachaient
dans un arbre, il fit croire au gigantesque loup qu'ils s'étaient enfuis bien loin.

Seuls, M. Renard et M. Castor n'auraient eu aucune chance de vaincre la Sorcière Blanche, même avec l'aide de toutes les créatures de la forêt. Mais ils avaient un ami très puissant.

Ils savaient qu'Aslan, le véritable roi de Narnia, allait revenir. Aslan était un lion noble et magnifique. Il ramènerait le printemps à Narnia et libérerait le pays de la domination de la Sorcière Blanche.

Les enfants décidèrent de partir aux côtés de la famille Castor pour s'engager dans l'armée d'Aslan. C'était un voyage dangereux, mais il fallait qu'ils libèrent Narnia.

En chemin, ils rencontrèrent une dryade, un esprit des arbres, sous l'apparence d'une très belle femme. La dryade surgit d'un cerisier qui fleurissait pour la première fois depuis cent ans.

L'heure de la grande bataille finit par arriver.
L'armée de la Sorcière Blanche était effrayante à voir.

Des cyclopes, gigantesques créatures avec un seul œil au milieu du front, arpentaient le champ de bataille avec leurs immenses massues.

De redoutables minoboars portaient des armures couvertes de pointes.

De sauvages harpies grondaient en montrant leurs crocs et agitaient leurs longs bras. Et des ogres monstrueux arrachaient des arbres à mains nues.

Dans l'armée
d'Aslan, de puissantes
licornes se tenaient prêtes à agir.
De braves centaures montaient
la garde devant la tente royale. Des aigles
énormes planaient dans le ciel. Des naïades
rassemblaient leurs armes. Des satyres enfilaient leurs brillantes
armures métalliques.

Le combat fut féroce mais, avec l'aide
de Peter, Susan, Edmund et Lucy, Aslan
et son armée parvinrent à ramener la paix
à Narnia.

Maintenant, il est temps pour toi de retourner dans ton monde. A moins, bien sûr, que tu ne préfères rester ici. Penses-tu que tu auras assez de chance pour revenir un jour? En tout cas, une chose est sûre: jamais tu n'oublieras les créatures magiques de Narnia.